TAMBOR ENCUENTRA UN HUEVITO
THUMPER FINDS AN EGG

By Laura Driscoll

Translation by Laura Collado Píriz

Illustrated by Lori Tyminski and Valeria Turati

BuzzPop

BuzzPop

An imprint of Little Bee Books
251 Park Avenue South, New York, NY 10010

BuzzPop and associated colophon are trademarks
of Little Bee Books.
Manufactured in China TPL 1219
First Edition
10 9 8 7 6 5 4 3 2 1
ISBN 978-1-4998-0919-0
buzzpopbooks.com
For more information about special discounts on
bulk purchases, please contact Little Bee Books
at sales@littlebeebooks.com.

Tambor mira a su alrededor con **alegría**.
Thumper looked around **happily**.

Por fin paró de llover.
The rain had **finally** stopped.

¿Que arrastró el **viento** hasta el claro?
What had the **wind** blown out into the open?

Tambor **dio un salto** para verlo.
Thumper **hopped** off to see.

Al lado del **río** vio algo azul.
Down by the **river**, he spotted something blue.

Sniff, sniff.
Sniff, sniff.

¡Era un **huevito**!
It was an **egg**!

¡Ji, ji!
Giggle, giggle.

Tambor miró hacia **arriba**.
Thumper looked **up**.

Sus **hermanas** le estaban mirando.
His **sisters** were watching him.

—¿Qué **haces**, Tambor? —le preguntó Trixie.
"Whatcha **doing**, Thumper?" Trixie asked.

Tenía una **cola** grande y peludita y siempre quería saber lo que estaba pasando.
She had a big, bushy **tail** and always wanted to know what was going on.

—Estoy buscando **tesoros** —explicó—. Mira lo que encontré.
"**Treasure** hunting," he explained. "Look what I found."

Las conejitas se acercaron y miraron al **suave** huevito azul.
The bunnies came closer and peered at the **smooth**, blue egg.

—¡Qué **bonito**! ¿Qué es? —preguntó Tessie.
"It's **pretty**. What is it?" Tessie asked.

Ella era la **conejita** más joven.
She was the youngest **bunny**.

—Es un huevito de **petirrojo**, boba —dijo Tambor.
"It's a **robin**'s egg, silly," Thumper said.

—¡Oh, un **pajarito**! —dijo Daisy emocionada.
"Oh, a **birdie**!" Daisy said excitedly.

A ella le encantaba hacer nuevos **amigos**.
She loved making new **friends**.

—Hay que mantenerlo calentito y a **salvo** hasta que salga del cascarón —añadió Ria.

"You need to keep it warm and **safe** until it hatches," Ria added.

Era una conejita muy **lista**.

She was a **smart** little bunny.

Crunch, crunch.
Rustle, rustle.

Los conejitos reunieron **hierba** y hojas y las
amontonaron encima del huevito como si fura
una manta suave y calentita.
The bunnies gathered **grass** and leaves
and piled them atop the egg like a soft,
cozy blanket.

Los conejitos sabían que el huevito necesitaba a su **mamá**.
The bunnies knew the egg needed its **mama**.

Así que Trixie, Ria y Tessie fueron a **buscarla**.
So Trixie, Ria, and Tessie went to **find her** . . .

Y se fueron **brincando**.
. . . with a *hippity-hop, hippity-hop!*

—¿Cómo podemos conseguir que esté **contento**? —le preguntó Tambor a Daisy.
"How will we keep it **happy**?" Thumper asked Daisy.

Él dio golpecitos con su patita como si fuera un tambor.
He **thumped** his foot.

—Podríamos **cantarle** una canción —propuso Daisy.
"We could **sing to it**," Daisy offered.

Tambor no estaba muy **seguro**.
Thumper wasn't so **sure**.

Pero Daisy cantó **igual**.
Daisy sang **anyway**.

Un **rato** después, a Daisy se le acabaron las canciones.
After a **while**, Daisy ran out of songs.

Pero empezó a **bailar**.
But then she started **dancing**.

Hasta consiguió que **Tambor** bailara.
She even made **Thumper** dance.

Tambor decidió que a lo mejor el huevito preferiría **ver** alguno de sus trucos.
Thumper decided the egg might like **to see** one of his tricks instead.

Y con una **pluma**...
He picked up the **feather**.

empezó a hacer **cosquillas**.
Tickle, tickle.

Daisy **se rio** y rio y rio.
Daisy **laughed** and laughed and laughed.

Papá Conejo apareció de un salto.
Papa Bunny hopped up.

—Tambor, ¿qué te tengo **dicho** de hacerle cosquillas a tus hermanas?
"Thumper, now what did I **tell** you about tickling your sisters?"

—Pero lo hice para que el **huevito** estuviera contento —dijo Tambor.
"But I did it to keep the **egg** happy," Thumper said.

Justo en ese momento, Trixie, Tessie y Ria aparecieron
con un **nido** hecho de ramitas y lo colocaron.
Just then, Trixie, Tessie, and Ria appeared
with a **nest** made of twigs and set it down.

Una mamá **petirrojo** voló sobre él.
A mama **robin** flew above them.

Tambor colocó el **huevito** en el nido.
Thumper placed the **egg** in the nest.

La mamá petirrojo bajó y lo cubrió con su **ala**.
The mama robin came down and covered it with her **wing**.

Crac, crac.
Crackle, crackle.

Pronto, un **pajarito** salió de su cáscara.
Soon, a **baby bird** popped out of the shell.

Tambor le dio a Daisy la **flor** que había encontrado antes.
Thumper gave Daisy the **flower** he'd found earlier.

   —Gracias por **ayudarme** a que el huevito estuviera contento.
"Thanks for **helping me** keep the egg happy."

   —Ha sido **divertido** —dijo ella—. Además,
he aprendido un truco nuevo.
"It was **fun**," she said. "Plus, I learned a new trick."

Y luego empezó a **hacerle cosquillas** a su hermano...
Then she began to **tickle** her brother. . . .

AHORA QUE EL CUENTO TERMINÓ...
NOW THAT THE STORY IS OVER . . .

1. ¿Te gustó el cuento?
   Did you enjoy the story?

2. ¿Quién fue tu personaje preferido?
   Who was your favorite character?

3. ¿Cuál fue tu parte preferida?
   What was your favorite part?

4. ¿Quiénes fueron los héroes del cuento?
   Who were the heroes of the story?

Tambor descubre un huevito mientras está dando brincos por el bosque, pero no ve ningún nido. ¿Podrá Tambor hacerle compañía al huevito mientras sus hermanas encuentran a su mamá? Thumper discovers an egg while hopping through the forest, but he doesn't see a nest. Can Thumper keep the lost egg company while his sisters find its mama?

¡BUSCA OTROS LIBROS BILINGÜES!
DON'T MISS OTHER BILINGUAL BOOKS!

BuzzPop
An imprint of Little Bee Books
buzzpopbooks.com

$4.99 US / $6.99 CAN

ISBN 978-1-4998-0919-0

50499 >

9 781499 809190